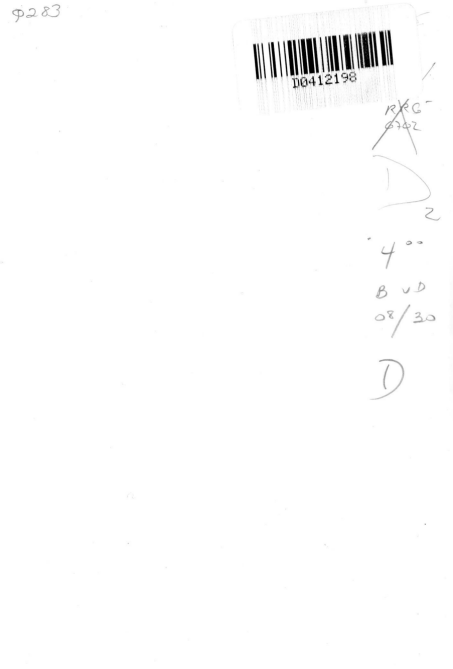

PAULE DOYON

ÉDITIONS D'ART LE SABORD

© Éditions d'art Le Sabord
© Paule Doyon
ÉDITEUR : Denis Charland
DIRECTION LITTÉRAIRE : Denis Simard
CONCEPTION GRAPHIQUE : D communication graphique
RÉVISION : Karine Parenteau
COUVERTURE : Julianna Joos

LES ÉDITIONS D'ART LE SABORD
167, rue Laviolette, C.P. 1925
Trois-Rivières (Québec) Canada, G9A 5M6
Téléphone : (819) 375-6223
Télécopieur : (819) 375-9359
www.lesabord.qc.ca
art@lesabord.qc.ca

Distribution au Québec / Prologue inc.
1650, boul. Lionel-Bertrand
Boisbriand (Québec) Canada, J7H 1N7
Téléphone : (514) 434-0306
Télécopieur : (514) 434-2627

Distribution en France / D.N.M. (Librairie du Québec à Paris)
30, rue Guay Lussac, Paris, 75005
Téléphone : 1 43 54 49 02
Télécopieur : 1 43 54 39 15

Dépôt légal
Bibliothèque et Archives nationales du Québec
Bibliothèque et Archives Canada
4e Trimestre 2006

Catalogage avant publication de Bibliothèque et Archives Canada
Doyon, Paule, 1934-
            La petite fille à la robe mauve
            (Collection Rectoverso)
            Comprend des réf. bibliogr.
            ISBN 2-922685-50-0 / 978-2-922685-50-3
            I. Titre. II. Collection.

PS8557.O92P47 2006   C843'.54   C2006-941925-6
PS9557.O92P47 2006

Imprimé au Canada

Nous remercions le Conseil des Arts du Canada et la Société de développement des
entreprises culturelles du Québec (SODEC) pour l'aide apportée à nos programmes
de publication.

Conseil des Arts
du Canada

Canada Council
for the Arts

SODEC
Québec

Nous avons tous deux vies :

La vraie, celle que nous rêvons dans notre enfance,
et que nous continuons à rêver, adultes,
sur un fond de brouillard ;

La fausse, qui est celle que nous vivons dans nos
rapports avec les autres...

Fernando Pessoa

Elle a cinq ans et ne sait pas écrire. Si elle essaie de vous décrire son village, vous n'en verrez que des morceaux : ce qu'elle voit d'un instant à l'autre. Jamais elle n'imagine son village en entier. Parfois, il y a des nuages au-dessus de sa tête. D'autres fois un soleil. Le vent lui fait peur. Le tonnerre et les éclairs aussi. Son village en est tout plein. C'est un village de vent et de tempêtes. Elle aime les oiseaux, les insectes et les chats. Ils sont plus réels que les hommes et les femmes inconnus, qui ne font que passer et repasser dans son champ de vision. Son univers est petit. Elle habite une parcelle d'espace remplie d'images à observer. Elle ne peut pas concevoir qu'il existe, au-delà de cet espace, un autre espace. Cet espace est déjà bien assez vaste pour elle. Elle voit que son village contient un lac, une voie ferrée, des herbes hautes, sa maison. Est-ce bien cela un village ? Elle ne sait rien du monde. Elle ne sait pas ce qu'est le monde. Mais elle pense. Sa pensée est là tout le temps. Elle voit. Elle regarde. Demain, elle écrira peut-être... Pour le moment, elle sait seulement qu'elle est une petite fille... c'est ce qu'on lui a dit.

Le vent courbe les épis du mil sauvage et les herbes bleu-vert. Le sol tremble. Un long frisson parcourt le corps de la petite fille. Le cri strident du train de deux heures et demie ébranle le village, le déchire en deux. Un côté avec un lac et des pêcheurs aux lignes dormantes, un autre avec des maisons pleines de femmes et d'enfants. Un enfant ou une femme écarte les rideaux pour suivre le train des yeux et compter ses wagons qui défilent vers la gare. Huit les jours de fêtes, seulement trois les autres jours.

La petite fille court. Sa robe est de la même couleur que les iris mauves du bord de l'eau. Elle est à peine plus haute que les grandes herbes. Elle voit le lac, lisse, si lisse… vient près de pleurer à cause de sa conscience soudaine de la terrifiante beauté du monde. Au centre du lac, elle aperçoit une île avec un palmier. Un palmier ? Voyons, c'est faux ! Dans son pays, il n'y a pas de palmier. Alors, c'est un arbre qui fait semblant d'être un palmier sur sa minuscule île de roc. Autour de cette île, l'eau est profonde, trop profonde pour ses cinq ans qui ne savent pas nager. La petite fille a peur de la profondeur du lac.

Au fond de l'eau elle aperçoit le reflet d'une ferme. L'image parfaite de la rive opposée. La rive opposée est réelle. Les dimanches, il s'y projette des scènes floues de pique-niques. Sur l'image à l'envers, au fond du lac, elle reconnaît la maison de ferme avec son parterre fleuri, la balançoire et les deux chiens. Un qui dort, un qui court. Une vache avance avec lenteur sur une herbe à l'envers. Plus loin, un cheval avec une clôture au-dessus de lui. Tous les détails du paysage y sont reflétés : la voie ferrée, le remblai, les rails rigoureusement droites jusqu'à leur pont à l'envers. Comme une photo. Mais avec des personnages qui bougent, se déplacent. L'image trempe dans une lumière puissante plaquée au fond du lac entre deux ciels identiques. Une image lisse où, pour un observateur de l'autre rive, elle doit apparaître assise au fond de l'eau. Cela l'effraie, ce double de la réalité, ce double d'elle-même, cela l'effraie la petite fille dans sa robe mauve.

***

Voilà de nouveau un coin mauve de sa robe… elle est là assise sur la marche la plus élevée d'un escalier. Elle attend que quelque chose arrive. Elle contemple - à travers les espaces ouverts entre les marches - les larges fissures dans la glaise grise du sol. Un bref vertige lui chatouille le cœur. Elle essaie de contrôler sa peur. En face, dans l'encadrement de la porte de la beurrerie, l'homme qui s'occupe de la chaufferie apparaît. Derrière lui se cache la chaudière où il enfonce régulièrement le bois sec. Cette chaudière peut sauter à tout moment si l'homme ne la surveille pas. Aussi, la petite fille a peur d'entrer là. Il y fait très chaud. À côté de la terrifiante chaudière, une porte donne sur une autre pièce, celle-là glacée. Avec un plancher de ciment toujours luisant d'eau. Le beurrier patauge dans cette eau qui s'amasse dans des rigoles servant à l'évacuation. La baratte ronronne…

Sur l'épaisse table de bois s'empilent des blocs de beurre humides prêts à être enveloppés. Des caisses de papier ciré attendent sur un banc à côté. Des courants d'air glacé s'engouffrent de partout et font frissonner. La pièce sent le sel. Entre l'homme, qui fume dans la porte de la chaufferie, et la petite fille, s'étend un jardin du haut au bas de la pente douce vers le lac. Sur la rive, la large bande verte des aulnes et, ici et là, les touffes mauves des iris sur la grève. Elle cherche à repérer des yeux les bouquets raides de la ciboulette au bout du jardin. Elle entend le bruit étouffé des glouglous du lait de beurre, qui tombe par un tuyau derrière la beurrerie et forme une mare blanche nauséabonde et noire de mouches. Elle aperçoit, plus loin, la forêt de broussailles où les garçons du voisinage vont jouer… et lui interdisent l'accès. Bof! les arbres y sont si touffus et le sol si spongieux qu'on peut à peine y marcher.

Le lac la regarde. Plat, étincelant, avec sa vague qui vient à intervalles réguliers soupirer sur la rive. Le soleil est une balle d'or restée suspendue en vol dans le ciel. Il est midi. Le temps dort. Rien ne bouge. Seules les fourmis, rapides, continuent de former des dessins désordonnés et noirs sur le sable.

À travers le temps endormi (sauf à l'étage des fourmis) elle aperçoit au loin, acculée au remblai de la voie ferrée, la plage hérissée de bois noyés aux formes fantastiques. Peu à peu, l'après-midi s'éveille. Le sable de la plage se couvre de formes mobiles et colorées. La petite fille entend des cris et voit des ballons s'égailler dans le ciel. Elle n'en peut plus. Ses jambes frétillent, prêtes à courir. Depuis le matin que son maillot de laine rouge la pique sous sa robe mauve. Un cri familier monte du sentier. C'est Zénobie qui l'appelle. Enfin !

Le sentier longe le lac en se faufilant entre les aulnes. Le sol est noir, humide et glissant. Avec des plaques d'herbes spongieuses. Les orteils s'enfoncent voluptueusement dans la terre juteuse. Les jambes bousculent les éphémères iris aux masques noirs et évitent de justesse les minuscules fleurs en clochettes de l'herbe mauvaise. Les oiseaux s'envolent affolés. Une grenouille plonge dans l'eau. Un crève-yeux attaque ! Mais elles sont déjà rendues sur la plage, est-ce bien avec Zénobie que la petite fille est venue... ?

Elle court vers le coin où les cris sont les plus nombreux, là où trente centimètres d'eau pourront être bravés sans danger, s'arrête un moment pour observer la marge de sable mouillé qui aspire goulûment les empreintes de ses orteils. Tout est chaud. Doux. Blanc. Le sable sur le ventre, sur les jambes, dans le dos. Le sable la caresse en glissant sur sa peau, comme du sucre. Mouillé, il devient compact. Un mortier pour les forts, les châteaux, les longs canaux humides. Une bombe de sable froid éclate sur son ventre. Petit choc mou. À son tour d'attaquer. Le projectile atteint sa cible.

Commence la course, les cris, les rires, sous l'avalanche des bombes vaseuses. Puis, toutes ces formes vives s'affalent ensemble dans le lac. Les gouttelettes d'eau explosent autour de chaque corps, étincelantes comme des diamants sous la cascade de lumière qu'est devenue la balle de soleil.

Soudain, le sol tremble. Un bruit souterrain monte à la surface, accourt de loin, se rapproche, s'amplifie, le paysage vibre. Le corps de la petite fille se rétracte autour d'un axe invisible, se crispe dans l'attente du cri. Elle s'enroule en un cocon minuscule de vie jusqu'à ce que le cri, en striant l'air, la déroule de nouveau, la répande, lui fasse retrouver sa dimension habituelle pour voir bondir la monstrueuse locomotive et subir le vacarme épouvantable des roues sur l'acier des rails qui frôlent le bout de la plage.

Elle regarde fascinée défiler les wagons avec leur cargaison de mystérieux voyageurs. Elle les salue de la main. D'où viennent ceux qui dans ce train lui retournent son salut? Ailleurs existe à l'heure où passe le train. Autrement, il n'y a qu'ici. Le terrain imberbe de la plage. Sa maison carrée. La beurrerie devant laquelle si souvent les chevaux s'emballent. Spectacle terrifiant. Subitement, sans raison, les chevaux se mettent à encenser, hennissent, se cabrent. Leurs naseaux frémissent et, le mors aux dents, ils filent droit devant eux. Ils galopent, aveugles, monstres hystériques, effrayés par on ne sait quelle vision invisible. La petite fille a peur qu'un jour ils lui passent dessus. Alors, sa petite robe mauve deviendrait toute tachée de sang...

***

Ses boucles brunes s'agitent, son cou s'étire. D'en bas on voit sa petite culotte. Qui prend son bain au grenier? La grande sœur, bien sûr. Pour s'y rendre la petite fille a grimpé l'échelle jusqu'à la trappe. Pour voir dans le grenier, il faut soulever la trappe quand elle n'est pas déjà ouverte. La grande sœur a laissé la trappe ouverte. Il n'y a pas de baignoire. La grande sœur se lave dans une cuve. La petite fille veut la regarder prendre son bain comme on la regarde, elle, barboter dans l'eau. Mais la grande sœur ne veut pas. La petite fille proteste violemment contre cette injustice. Pourquoi aurait-on le droit de la regarder, elle, prendre son bain, et elle, pas le droit de regarder les autres? La grande sœur se fâche, hurle, force la petite fille à renoncer à sa curiosité. Les adultes n'aiment pas qu'on les voit tout nus. Pourquoi toutes ces choses interdites? Comme par exemple : d'aller à l'école parce qu'on n'a pas encore l'âge du petit voisin voyou?

La petite fille meurt d'envie d'aller à l'école. Elle voit chaque jour les sœurs de Zénobie, sac sous leur bras, enjamber la clôture piquante, descendre la colline d'herbes, traverser la voie ferrée puis la route nationale et entrer derrière la file silencieuse d'enfants dans cette école qui attire. Assise au haut de la côte, la petite fille regarde l'école à travers les treillages de fil barbelé de la clôture. Elle caresse en même temps Chatte espagnole, qui se frôle contre elle la queue en l'air en ronronnant comme un moulin. La petite fille surveille les fenêtres de l'école, où apparaît de temps en temps une tête aussitôt happée par une main invisible.

On apprend à lire derrière ces fenêtres toutes en rangs. La petite fille a hâte d'avoir un sac d'école, de descendre en courant la colline verte, de marcher un moment sur le ballast et les traverses grises de la voie ferrée, de franchir la nationale, de se mêler enfin aux grappes d'enfants qui courent, trébuchent, crient dans la cour de sable, juste avant le vibrant appel métallique de la clochette qui les enfile tous en une rigide chaîne colorée qui se meut ensuite vers la porte. Mais Zénobie arrive :

- À quoi on joue ? demande-t-elle.

Zénobie ne s'intéresse pas à l'école. Elle est trop petite encore. Elle a un an de moins que la petite fille. La petite fille tire de sa poche un minuscule parapluie de papier multicolore. Les yeux de Zénobie s'allument d'émerveillement. La petite fille est ravie… Longtemps, elles ouvrent et referment le petit parapluie, fascinées par ses couleurs, son papier, sa structure légère comme des ailes de papillon. Assises sur une haute pile de planches, de longues heures, sans se lasser. De temps en temps, elles relèvent la tête. Tout est bleu autour d'un large puits de lumière, qu'elles ne doivent jamais fixer, « pour ne pas devenir aveugle », a dit la mère de la petite fille. Les oiseaux sautillent autour d'elles, s'approchent tout près comme s'ils les croyaient aussi des oiseaux, comme s'ils savaient que Chatte espagnole ne s'aventure jamais aussi haut. Les planches rugueuses exaltent leur parfum de bois frais scié, par bouffées, comme si elles expiraient.

Mais tout à coup, un geste maladroit. Zénobie échappe le petit parapluie et ses couleurs, qui tombent et disparaissent entre les planches. Impossible de le récupérer avant que les planches sèchent, soient vendues et transportées ailleurs... encore que Zénobie et la petite fille devront être présentes au bon moment pour le saisir, - et qu'il ne pleuve pas jusque-là pour que l'humidité le détruise. La petite fille dans sa robe mauve est consternée. Aucun malheur aussi grand ne lui était encore arrivé. La petite fille contemple la pile de bois, inquiète du destin tragique du petit parapluie de couleur seul et tristement perdu entre les planches.

***

Aujourd'hui, la petite fille est très mal à l'aise. Elle se tortille dans son maillot de bain de laine rouge. La grande sœur ne pourrait-elle pas photographier autre chose ? Ou du moins faire plus vite ! La petite fille a les deux pieds dans le lac. Et pas précisément à l'endroit de la plage au sable doux. Quelle idée de grande sœur de lui faire prendre la pose en plein dans le lit des sangsues ! … même si la grande sœur prétend que ce n'est que du bran de scie… est-ce que cet appareil va finir par se déclencher ou va-t-elle passer la journée à en régler l'ajustement ? Les sangsues ont tout leur temps pour repérer la position des orteils de la petite fille.

Quand on n'est pas photographe pourquoi s'acharner… mais la grande sœur ne suit jamais les conseils de la petite fille. Elle devrait pourtant. Par exemple, le jour où elle lui a demandé son avis sur les deux toiles qu'elle venait de peindre. C'était facile à voir, la petite fille l'a bien vu : « Horrible ! » a-t-elle dit. Et même si la grande sœur a essayé de l'embobiner en prétendant qu'un tableau doit être regardé de loin, la petite fille n'a pas menti : « Aussi horrible de loin ! » a-t-elle confirmé. Pourtant, la grande sœur continue de suivre ses cours de peinture. La petite fille soupçonne que c'est à cause du professeur.

***

En hiver, la maison de Zénobie est si froide que toute sa famille a la peau aussi mauve que la robe de la petite fille. Cela n'affecte pas la petite fille. Même pas que Zénobie ne mange jamais à sa faim. Le père de Zénobie travaille au loin, ou bien ne travaille pas du tout. Aussi, la mère de Zénobie n'a pas d'argent, mais elle le cache avec autant de soin qu'une tache sur sa robe. Et toute la famille de Zénobie fait semblant de ne pas avoir faim ni froid.

La petite fille à la robe mauve n'éprouve rien parce qu'elle les regarde seulement. Elle ne sait pas qu'elle devrait éprouver quelque chose. Elle n'est encore qu'une paire d'yeux qui regardent dans le monde. Elle voit que Zénobie a faim et qu'elle, elle n'a pas faim. Elle lui donne des bonbons, mais Zénobie n'aurait pas faim qu'elle lui donnerait des bonbons quand même. C'est simplement parce qu'elle l'aime bien. Elle est son amie.

Elle trouve drôle d'être ainsi quelque chose qui regarde. Elle voit des hommes travailler dans la scierie. Elle ne sait pas d'où ils viennent. Soudain, ils sont là et poussent des billes de bois dans les scies. Elle écoute le bruit de la scie qui dévore le bois. Qui mange le bois en chantant. Elle regarde, un peu à l'écart, parce que c'est interdit de s'approcher. Les hommes ont des yeux qui la regardent eux aussi, des bouches qui lui sourient et parfois de longues barbes qui dissimulent la moitié de leur visage. La petite fille ne sourit pas. Pas tout de suite. Il faut plus qu'une tablette de chocolat pour l'apprivoiser. Ils sont si vieux, qu'elle se demande comment ils peuvent encore tenir debout. D'ailleurs, ils l'ont dit eux-mêmes :

- Ils ont trente ans !

***

Chatte espagnole bâille, s'étire. La petite fille caresse le dos arrondi du chat, écoute le ronron. Zénobie raconte que son père a fouetté son frère hier parce qu'il avait lancé un couteau à sa mère durant l'hiver. Son père vient d'arriver et il doit s'acquitter de toutes les punitions qui n'ont pas été données durant son absence.

Zénobie dit que son frère est méchant. La petite fille n'a pas de frère. Il est mort tout petit. Elle se souvient d'un bébé qui jouait avec des petites mains qui étaient à lui. Pendant qu'un père souriait à ses côtés. Il devait l'aimer. Elle ne sait pas si elle aimait ce petit frère, tellement en dehors d'elle. La petite fille ne pouvait que le regarder à travers la fente de ses yeux, étonnée qu'il bâille aussi grand et retombe soudain figé. En le touchant, constater qu'il était devenu tout froid.

Devenir froid, on appelle ça « mourir ». Les adultes pleurent autour. Leurs larmes roulent sur leurs joues. Ils ne sourient plus. Et rien qu'à regarder leurs larmes, les vôtres accourent elles aussi. On sent qu'on doit être triste et on le devient. Sans savoir pourquoi. Zénobie dit : « J'aimerais que mon frère devienne froid aussi. »

La petite fille à la robe mauve trouve que ce serait une bonne chose en effet, car le frère de Zénobie est très méchant. À cause de lui, elles n'ont pas pu se déguiser le jour du Mardi gras. Parce que ce jour-là le frère de Zénobie se déguise et s'amuse à courir après les petits pour les battre et leur lancer des cailloux. La mère de la petite fille a dit : « Tu es trop petite pour te déguiser en Mardi gras, le frère de Zénobie va t'attaquer ! »

Alors le jour du Mardi gras, Zénobie et elle ont regardé partir les autres, les autres monstrueusement drôles avec leur bas passé sur le visage et troué à l'emplacement de la bouche des yeux et du nez et habillés de vêtements trop grands pour eux. Ils allaient courir joyeusement d'une porte à l'autre, récolter des monceaux de bonbons! Heureusement que les sœurs de Zénobie ont partagé ensuite avec Zénobie pour la consoler d'être demeurée, sans trop pleurer, dans la maison.

Mais en savourant les bonbons avec Zénobie, la petite fille regrette encore la course manquée dans le noir. La frénésie des rencontres entre grappes de Mardis gras. Rencontres qui se terminent aussi bien par un échange amical de friandises que par une bataille. Guerre au cours de laquelle la bande ennemie, malgré les masques, se trahit par son vocabulaire particulier d'insultes.

Déguisé ou pas, le frère de Zénobie répand la terreur. Même Zénobie et ses sœurs le craignent. La petite fille pense que c'est terrible d'avoir un frère comme lui. Mais elle ne voit pas vraiment ce que Zénobie pourrait faire pour y changer quelque chose. Elle croit qu'il vaudrait mieux sans doute que le frère de Zénobie soit froid. Froid et inoffensif comme la sœur qu'elle a vue allongée dans la grande boîte noire. Même si le cerveau de la petite fille n'a pas encore éclairci tout à fait ce lourd mystère. Son esprit le frôle, le contourne, mais ne s'y arrête pas assez longtemps pour le comprendre.

La mère de la petite fille, ce jour-là, l'avait amenée là où elle la conduit souvent : chez ce vieillard aux longs cheveux blancs que la petite fille aime bien regarder.

Elle aime tellement regarder et observer ses mains qui tremblent, qu'elle oublie le visage de sa femme. La femme du vieillard n'est qu'une forme qui parle très bas à la mère de la petite fille. Elle et la mère de la petite fille marmottent presque, mais bougent. Tandis que le vieillard ne remue presque pas. Il est là juste pour qu'on le regarde on dirait. On peut donc bien observer la profondeur de ses rides. Ses doigts sont tordus et ne peuvent s'arrêter d'avoir envie de saisir. La petite fille voudrait bien l'aider à prendre. Parce qu'il a des yeux si bleus et une barbe comme de la neige qui lui descend jusqu'à la poitrine. Elle lui tend sa canne et pense qu'il a souri.

Ce jour-là, la mère de la petite fille empêche la petite fille d'aller dans la pièce d'à côté, où d'ordinaire elle la laisse jouer librement. Mais la mère de la petite fille et la forme sont si absorbées à marmonner, qu'à un moment la petite fille passe dans la pièce interdite sans être vue… Et c'est là qu'elle découvre la grande boîte noire avec une sœur couchée dedans. La petite fille joue autour sans que la sœur s'éveille. Il est vrai qu'elle fait très attention pour ne pas faire de bruit.

Tout à coup, elles sont toutes les deux dans la porte, la mère de la petite fille et l'autre, et paraissent effrayées de la voir là, elle, la petite fille, comme si elle avait couru un danger quelconque près de la sœur qui dort si paisiblement entre deux bougies.

La femme dit à la mère de la petite fille, en regardant la sœur qui dort :

- Elle a demandé à être exposée habillée en sœur, elle se préparait à entrer au couvent.

- C'est triste, répond la mère de la petite fille, si jeune encore! et elle entraîne la petite fille hors de la pièce.

De la cuisine, la petite fille continue d'observer la longue sœur allongée dans la boîte noire. Pourquoi ne se levait-elle pas? Pourquoi ces deux bougies de chaque bord? Pourquoi tout le monde parle bas? La mère de la petite fille se penche et dit :

- Reste ici! ne va pas là!

- Pourquoi? demande la petite fille.

- Parce qu'elle est morte... souffle la mère de la petite fille, tout bas.

La petite fille voit toujours la sœur allongée entre les deux cierges. Elle devait être froide elle aussi si on la touchait. Comme son frère. Elle ne bougeait pas elle non plus. Pourquoi? Et la petite fille pense qu'elle devrait peut-être commencer à avoir peur...

**

La sœur de Zénobie, par contre, est toute remuante et gaie. Elle a beaucoup de cheveux noirs, bouclés. Et une figure toute ronde. L'hiver, ses joues sont rouges quand elle fait tourner la petite fille et Zénobie autour d'elle dans leur traîneau. La petite fille et Zénobie aiment bien ces moments où Colette joue avec elles. Elle ne se fatigue jamais et les fait tourner en rond sur la glace du lac jusqu'à ce que Zénobie, la petite fille, ou les deux ensemble la supplient d'arrêter.

Tout étourdies, la petite fille et Zénobie descendent du traîneau en titubant, disant qu'elles ont mal au cœur, ce qui fait quand même rire Colette. Elle leur dit de se rasseoir, elle promet de ne plus faire tourner le traîneau, dit qu'elle va les promener en ligne droite. La petite fille et Zénobie se rassoient. Colette tient sa promesse.

Le traîneau glisse doucement. Une petite poussière de neige leur frappe la figure et les fait grimacer un peu, mais elles n'ont pas encore froid. Les patins du traîneau parlent avec la neige. La silhouette vive de Colette tire allègrement le câble de chanvre. La laine mouillée de leurs mitaines sur leurs mains, la caresse du foulard qui balaie leur figure rosie par le vent, tout est doux et nécessaire pour traverser cet après-midi, ce laps de temps, - ce moment sérieux dans le présent de neige, - avec Colette en avant pour les tirer doucement vers le soir.

***

La maison de la petite fille, vue de ses cinq ans, est très grande. Il y a la cuisine où, dans le coin se tient la table carrée. Avec au-dessus, un grand calendrier fixé sur le mur en lattes de bois peintes en blanc. Le blanc a jauni parce que la mère de la petite fille a chauffé le poêle tout l'hiver. Sur le côté, il y a les armoires dont la dernière porte, quand on l'ouvre sans prendre garde, frappe la tête de celui qui est assis et mange. On entend alors un cri.

Il y a l'évier taché de rouille et la pompe à eau verte, qui chante, pleure ou rit, on ne sait trop. Dans le coin opposé à la table, le poêle avec sa tête à miroir qui s'ouvre pour garder les plats chauds. Mais la mère de la petite fille y range plutôt les casseroles vides. Sous le poêle, il y a presque toujours Chatte espagnole endormie.

Puis, sur le mur qui fait angle à celui du poêle, l'ouverture de la porte de la chambre de la mère de la petite fille. Il n'y a pas de porte encore, que ce trou qui laisse encore un peu de place pour la berceuse. Et tout de suite après, c'est le coin, d'où l'autre mur va rejoindre les armoires. Sur ce mur est la porte d'entrée.

Juste à côté de la table, il y a une fenêtre. La petite fille mange toujours au fond, derrière la table, sous le calendrier, parce qu'elle est plus petite et que c'est plus facile de s'y glisser. Elle peut regarder par la fenêtre. Mais il n'y a rien à voir. Que la glaise qui recouvre le sol où on a creusé pour un puits et rempli parce qu'il n'y avait pas d'eau. La grande sœur de la petite fille est en amour. Elle dit qu'elle va se marier. La petite fille ne sait pas ce que cela veut dire, à part qu'elle ne demeurera plus dans cette maison.

***

La petite fille à la robe mauve s'agite, assise sur la table de la cuisine. Des larmes luisent plein ses yeux. La mère de la petite fille gesticule autour et les boutons de sa robe grommellent en frottant le bord de la table. La table se lamente sous les fesses de la petite fille qui remue comme une anguille. Dans sa bouche, une dent branlante, bridée d'un solide fil blanc, attend le décret de la mère pour aller danser dans les airs au bout du fil.

La petite fille se trémousse et crie épouvantée. La mère ment, essaie de la convaincre de ne pas crier, promet de ne pas tirer sur le fil. Mais la petite fille hurle encore plus fort. Elle hurle de peur, tout en respirant à grandes bouffées l'anesthésique du mensonge, jusqu'à ce que la dent vole joyeusement au bout de son lasso…

Alors, la petite fille pleure de joie, rit à travers ses larmes. Sa peur a fondu, elle est devenue brave comme un lièvre qui vient d'échapper au chasseur. La petite fille à la robe mauve a perdu sa première dent. Elle a dans sa bouche le trou du mensonge et à son doigt la bague de un sou qui la console de la perte. Le monde est beau, quand même.

Le père arrive maintenant avec un petit camion bleu. Dans la boîte arrière du camion, elle découvre une minuscule malle brune et jaune et une échelle blanche. Sa mère dit :

- Ailé pas un garçon !

Le père répond :

- Qu' ça fait ça ?

La petite fille passe la soirée à descendre et à remonter la petite malle dans le camion en la glissant le long de l'échelle. Savez-vous que la petite malle s'ouvre ?

Le père est ressorti. Il est allé jouer au billard.

- Il devrait être rentré ! dit la mère, il a encore joué une partie de trop ! c'est toujours la même chose.

La mère enlève la rondelle du poêle, y jette deux tronçons de cyprès qui s'affaissent sur la braise en produisant un bruit de pas. Mais le troisième morceau, qu'essaie de pousser la mère, se rebelle. Il se bat avec la deuxième rondelle, soulève la pièce de fonte qui la maintenait en place, et entraîne la rondelle avec la pièce d'acier dans les flammes qui montent…

Les yeux de la petite fille s'arrondissent de peur et son cœur se transforme en tambour. La mère, sans s'affoler, retire la rondelle du feu, dompte le morceau de bois à coup de pincette, puis replace calmement l'échancrure d'acier et les deux rondelles à leur place. Le danger d'incendie est passé, sans que la mère l'ait seulement vu. Mais la petite fille n'est pas aveugle, elle… ni sourde. Le père entre et la mère dit :

- A pas danger que tarra arrivé plus de bonne heure !

Le père fait l'étonné :

- Yé tu déjà dix heures ? j'sus parti s'fa une menute…

***

Elle est bien dans son corps. Partout la petite fille est bien. La boue juteuse où s'enfoncent délicieusement ses orteils. Les feuilles qui la chatouillent toujours en passant. Les trouées bleues qui se déplacent entre les broussailles quand elle remue la tête. C'est amusant de jouer à déplacer des morceaux de ciel. Comme si on était très puissant. Mais elle a faim ! Ce qu'elle a faim !

Le squelette de la scierie, abandonnée pour la saison, surgit au détour du sentier. Les oiseaux, effrayés, fuient devant elle. Comme si elle était une géante. Ils s'envolent tous à la fois par les ouvertures qui mangent les murs de la scierie. C'est elle, toute petite mais si puissante, qui les effraie.

Le plancher de la bâtisse est farci de trous. Elle pourrait y tomber à tout moment, mais elle est bien trop habile ! Elle se grise de l'odeur de bran de scie qui y stagne encore. Par l'une des ouvertures carrées, comme une espèce de fenêtre sans vitre, elle surveille le grand héron qui pose à la lisière de l'eau. Elle le reconnaît. Il tient sa patte repliée sous son ventre et tente de se déguiser en bois mort.

Elle entend barboter les canards, invisibles derrière les roseaux. Un grand oiseau étrange atterrit en toute confiance sur la plage, convaincu de sa solitude. Mais la petite fille guette sans bouger d'un cheveu. Immobile, respirant à peine. Un geste et l'oiseau sans nom s'envole dans un bruyant battement d'ailes.

Sur une poutre, au-dessus de sa tête, est collé le nid séché de l'hirondelle. Au printemps, elle a grimpé pour y voir les petits oeufs tachetés. Alors, l'hirondelle s'est mise à voler furieusement en rond au-dessus du toit de la scierie. Mais la petite fille ne les a pas touchés. Elle sait qu'il ne faut pas toucher les oeufs des oiseaux. Elle n'a pas non plus dévoilé à qui que ce soit le secret de l'hirondelle.

Plus loin, là où elle croit toujours que le ciel rejoint la terre « mais ce n'est pas encore là quand elle y arrive » elle a découvert le nid de l'alouette. C'est plus loin encore que la maison de Zénobie, comme un autre univers où plus rien ne lui est familier. Il y a là une plage sauvage encombrée de troncs d'arbres pourris, de débris de toutes sortes. Et c'est défendu de s'y baigner à cause des sangsues qui, comme leur nom l'indique, suce votre sang jusqu'à ce que vous en mouriez si vous n'avez pas d'allumettes pour, avec le feu, les faire s'en aller. C'est là que se cache le nid de l'alouette, sur le sol. Mais il ne faut pas le dire.

Si le frère de Zénobie et les autres gamins l'apprenaient, ils écraseraient les oeufs, par méchanceté. Pour faire leurs hommes. Déjà qu'ils font rôtir les cyprins dans leur cabane au fond du bois interdit... et peut-être des oeufs d'oiseaux aussi. Elle a peur d'eux. Ils peuvent la battre pour lui faire peur. Quand elle les rencontre, elle évite de les regarder et passe rapidement à côté d'eux. Et ils font quand même semblant de la frapper. Sans lui toucher vraiment. Juste pour l'effrayer. Et ça l'effraie, la petite fille à la robe mauve. La petite fille qui court vers la maison où l'attend sûrement une tartine de confiture aux petites fraises des champs.

***

Quand il pleut, Zénobie vient jouer avec la petite fille à la robe mauve. La petite fille place les pièces miniatures de son service de vaisselle en porcelaine sur la petite table à l'échelle de leur grandeur. L'eau versée dans les minuscules tasses se transforme en thé imaginaire et la cave humide en château. Elles sont des princesses qui jouent à recevoir les sœurs de Zénobie.

Mais les sœurs de Zénobie sont de grandes voleuses… Aussi, avant leur départ, la petite fille leur demande à chaque fois d'ouvrir leurs mains pour s'assurer qu'elles ne vont pas emporter les petits ustensiles d'étain.

Les sœurs de Zénobie sont plutôt méchantes. Quand c'est leur tour de recevoir, elles gavent la petite fille de pommes de terre suries. Elles en mangent elles aussi mais courent vite cracher cette nourriture infecte derrière la maison. La petite fille les suit, les voit cracher sans comprendre leur manège. Mais, sa mère, à qui elle a raconté, a compris. Depuis, interdiction d'accepter toutes les invitations à dîner des sœurs de Zénobie!

- Mais, proteste la petite fille, elles sont gentilles, elles me font toujours goûter en premier les petits fruits inconnus que l'on trouve dans les buissons!

Résultat : interdiction aussi de mettre dans sa bouche n'importe quel petit fruit, avant de l'avoir montré à sa mère.

La petite fille à la robe mauve ne comprend pas. Pourquoi les sœurs de Zénobie voudraient-elles l'empoisonner… puisque qu'elle les aime?

Un jour, étonnée de retrouver chez elles les objets mystérieusement disparus de sa propre maison, elle voulut gentiment éclaircir ce mystère. Hélas! elle insista si pesamment pour découvrir comment le joli miroir de sa mère se trouvait sur la commode de la sœur de Zénobie, qu'elle se retrouva brusquement dehors…

Suivit un grand froid de plusieurs semaines entre elle et la mère de Zénobie. Une longue trêve de l'amitié pendant laquelle les sœurs de Zénobie lui tiraient des pierres, le frère essayait de la tuer chaque jour et Zénobie, elle-même, la gavait de grimaces à travers les planches de la clôture. La petite fille et Zénobie chacune de leur côté, à s'ennuyer.

À la fin, un grand sac de bonbons réussit, là où tous les sourires avaient échoué, à reconquérir Zénobie. La petite fille ne posa plus jamais de questions. Les sœurs se rapprochèrent et la mère lui offrit un verre de vin de pissenlits, qui n'était même pas empoisonné.

***

La petite fille à la robe mauve et Zénobie partagent tout. Chaque jour, sa mère remet un sou à la petite fille. Aussitôt, elle court rejoindre Zénobie. Ensemble, elles descendent la longue côte jusqu'au magasin général.

Derrière leur comptoir, les deux commis bavardent. Ils ont plus l'air de s'amuser que de travailler, appuyés qu'ils sont à la tablette à bonbons. Appuyés contre le paradis. Un des commis taquine la petite fille à la robe mauve, lui dit des choses trop graves pour elle. Des choses qui la rendent mal à l'aise sans qu'elle les comprenne.

Puis, il choisit la plus grande enveloppe parmi toutes les enveloppes usagées qui ont apporté les factures du marchand et que le commis doit utiliser pour économiser les sacs neufs. Comme d'habitude, quand son patron n'est pas là, il remplit à ras bord l'enveloppe d'une variété infinie de bonbons. La petite fille à la robe mauve et Zénobie ont attendu à l'entrée que ce commis soit libre, car c'est lui qui choisit toujours les plus grandes enveloppes.

Elle et Zénobie remontent ensuite lentement la colline en triant les bonbons, en examinant chacun d'eux sous tous ses angles, vérifiant sa forme, son éclat, sa couleur. Et les condamnant, tour à tour, à fondre sur leur langue à cause d'une faille ou parce qu'ils sont devenus trop collants à force d'être manipulés. Arrivées au haut de la côte, elles constatent, consternées, que le soleil a fini de brouiller les deux derniers. Il ne leur reste plus qu'à jeter l'enveloppe où apparaît une adresse dactylographiée.

Elles sentent au-dessus de leur tête le poids bleu du ciel sans oser le regarder de peur d'être entraînées à fixer le soleil. Les cailloux volent sous leurs pieds. Elles se sentent puissantes. Immenses. Presque de la hauteur des hautes herbes du bord de la route. Les herbes qui les chatouillent et les font rire.

Zénobie cueille un pissenlit, le tient sous son menton, ne se rappelle plus la formule magique à réciter, le rejette, part au galop. La petite fille à la robe mauve court derrière dans un mélange de soleil, de bleu, de vert. La réalité est un fouillis de bruit, de conversations d'oiseaux, de visages d'hommes, de cris d'insectes, de champs d'herbe et d'immenses plaines d'eau.

La réalité est peuplée de trous de fourmis. La réalité est une chatte espagnole toujours au même endroit à la même heure. La voilà! Chatte espagnole avance en ondoyant, en s'efforçant de ne pas paraître si heureuse que ça de les voir. Elle frôle et frôle leurs petites jambes nues. Amalgame de poil et de douceur. Accompagnées de Chatte espagnole, elles vont errer sur les cages de planches toute la matinée.

***

La vie est pleine de mystères… Pourquoi ce qui était hier n'est plus aujourd'hui? Elles ont fait le même trajet, la petite fille et Zénobie, le sou noir avait le même poids. Le magasin était le même. Le commis aussi. Pourquoi alors l'enveloppe ne contient-t-elle aujourd'hui qu'un seul bonbon?

Elles remontent très lentement la côte… Chatte espagnole attend comme les autres jours au milieu du chemin de terre, ronronne aussi fort, n'a pas l'air de se rendre compte du drame épouvantable… un seul bonbon? Ce qui était si joyeux est devenu tout gris. Un seul bonbon? Le commis était-il distrait? Comment partager un bonbon? Et cette explication… la guerre… C'est quoi? Les pays sont devenus méchants comme le frère de Zénobie? Ils vont se tirer des pierres? S'attendre dans le noir, se déguiser en Mardis gras?

***

La petite fille à la robe mauve est assise depuis des heures sur la galerie des voisins. Elle attend. Les petites voisines passent et repassent devant elle depuis le matin sans que rien n'arrive. Elles l'ont invitée à assister à leur pièce de théâtre. Elles ont les cheveux poudrés de farine et portent de vieilles petites lunettes cerclées d'argent sur le bout de leur nez. Les personnages seront donc de vieilles gens…

Mais la petite fille commence à soupçonner que la représentation n'aura pas lieu. Elle se résumera - comme toujours - à sa préparation. Chaque fois, elles mettent tellement de temps à se costumer et à se maquiller qu'ensuite elles doivent rentrer dîner sans avoir joué la pièce.

C'est toujours comme ça avec elles. Elles sont toujours en préparation de quelque projet éblouissant dont la petite fille ne voit jamais la réalisation. Par exemple, leur magasin général… il s'est résumé à une installation pour en protéger la marchandise à venir contre le vandalisme des garçons du voisinage. Un échafaudage fragile de planches destinées à s'effondrer sur la tête des vandales.

Ce fut si fastidieux à installer que, découragées par la longueur du projet, le stock du magasin se résuma à quelques colifichets que chacune d'elles acheta de l'autre aussitôt. Et pourtant, tout le temps des préparatifs, la petite fille brûlait du désir d'être leur première cliente. Quelle désolation que ces voisines avec leurs projets sans cesse avortés !

***

Ce matin la petite fille est plantée devant la maison déserte de Zénobie. Elle attend, attend, mais Zénobie ne sort pas. Zénobie et sa famille ont disparu… déménagé? Depuis quand? Depuis la nuit ou plusieurs jours?

Le temps de la petite fille est plein de trous par où les gens disparaissent, apparaissent, sans qu'elle situe par quel trou. Zénobie ne jouera plus jamais avec elle, lui dit sa mère. Désormais le monde ne sera plus habité que par Chatte espagnole dont la queue dressée en l'air continue d'exprimer la détente et le bonheur de vivre. Comme si Zénobie était toujours là.

**

… HO! HO! Qui appelle la petite fille à la robe mauve? HO! HO! C'est le nouveau petit voisin. Perri a remplacé Zénobie. Depuis, quand ils ne sont pas à manger ou à dormir chacun chez soi, ils sont ensemble. Si ensemble tout le temps, que la mère de Perri ne cesse de répéter : «Vous êtes si ensemble tout le temps vous deux, qu'il ne faudra jamais oublier comment vous étiez ensemble quand vous étiez petits.»

La petite fille ne sait pas pourquoi il ne faudrait pas oublier. Elle est tout de suite contente qu'ils soient ensemble. On dirait un seul. Un seul dans le sac de jute à rouler dans l'herbe jusqu'au bas de la côte. Un seul rire qui sort d'un même corps…

Et là… La petite fille est assise sur la planchette de la balançoire, et Perri la pousse pour la faire monter haut, haut, plus haut, encore plus haut…

- Arrête Perri ! J'ai peur.

Et Perri vole haut à son tour, pendant que la petite fille pousse… pousse.

Puis, Perri par le petit trou de sa culotte sort un petit doigt de chair qui fait pipi en l'air, ça retombe en buée, et la petite fille rit très fort. Ensuite, la petite fille à son tour baisse sa culotte et s'assoit sur ses talons… un bruit dru, des petits jets secs trouent le sol. C'est si peu intéressant que Perri part plutôt regarder les porcs dans l'enclos. La petite fille remonte sa culotte, quelques gouttes chaudes roulent encore sur ses cuisses, elle rejoint Perri et grimpe à l'enclos des cochons.

Dans l'enclos, la truie et ses petits pataugent dans une belle boue luisante, ils sont sales et heureux. La petite fille et Perri les envient. La petite fille ne doit pas salir sa robe mauve. Les enfants-porcs enfoncent leurs pieds pointus dans la boue en criant de satisfaction.

Le papa de Perri est un homme silencieux, toujours à peigner son cheval ou à traire ses vaches ou à partir de longs jours à la chasse. La mère de Perri est blonde, ronde, souriante. Surtout, elle fabrique de la crème glacée… en tournant tout l'après-midi un contenant de crème plongé dans un baquet de glace et de sel. Perri et la petite fille attendent, en tournant impatiemment autour, que la crème glacée soit enfin prête…

***

Les souris trottent entre les murs, et la pénombre habituelle du grenier s'épaissit en noirceur. C'est l'heure où le désordre ambiant commence à s'animer. Les vêtements pendus aux murs, les inoffensives boîtes de carton du jour, tous les objets se transforment follement, et le vent leur prête des chuchotements, des craquements qui forcent la petite fille à s'enfouir - malgré la chaleur suffocante - sous les couvertures...

Terrifiée, ruisselante de sueur, elle écoute les galops de son cœur... ce petit cheval qui court, court, dans le champ clos de sa poitrine, comme s'il voulait s'enfuir au-delà de la vie.

D'autres fois, la nuit est d'une noirceur si totale que la petite fille ne distingue plus rien de ce qui l'entoure. Elle a beau écarquiller les yeux, le noir de la nuit demeure lisse, sans images, sans ombres, qu'un immense étang noir...

Alors, elle a peur. Peur d'être aveugle. De devoir demeurer le reste de sa vie devant cet écran sans images. Elle voudrait que la lune se lève, mais peut-être la lune est-t-elle là ? Peut-être que la petite fille est bien réellement aveugle ?

Fatiguée, elle s'endort. Elle étouffe sa peur dans le sommeil, sa peur qui se dissipera au réveil quand ses yeux s'ouvriront comme chaque jour sur un monde abondamment illustré.

Puis, lui vient une frayeur encore plus angoissante : elle vient de découvrir des brins de coton dans son nombril... Là c'est la terreur totale ! Est-ce qu'on n'attache pas les nombrils des bébés avec une corde ? Sûrement que la corde de son nombril est en train de s'effilocher. La petite fille va-t-elle se défaire et retourner au néant? Peut-être qu'elle a trop couru? Trop ri? Peut-être que son nombril n'a pas été attaché assez solidement? Son corps va-t-il lentement être aspiré par le petit trou de son nombril et disparaître à jamais par où il est venu...? et la petite fille a peur, si peur. Et elle n'ose révéler à personne l'approche de ce cataclysme…

***

On ne voit pas sa robe. C'est l'hiver, et la petite fille est tout emmitouflée de laine. La neige, qui scintille autour d'elle comme une plaine de diamants, effarouche ses yeux.

Ce matin, elle est allée frapper à la porte de Benoît. La mère de Benoît finissait de cuire une énorme pile de crêpes pour le petit déjeuner de sa famille. Benoît était encore en pyjama. Elle a dû l'attendre en salivant devant la pile de crêpes dorées.

Maintenant, ils se roulent tous les deux dans la neige. À plat ventre sur des petits barils vides, ils tracent des chemins durs sur la neige. On dirait que le ciel est tout en soleil, et la neige en miettes de verre. Leurs moufles sont mouillées, leurs joues sont rouges, mais ils n'ont pas froid et n'entreront pas avant que leur ventre se mette à grogner.

Tout l'hiver, ils se rouleront dans la neige, la petite fille toute en laine et Benoit le petit cousin de loin. Leurs parents à tous les deux travaillent à la nouvelle scierie construite à l'ombre du chevalement d'une mine abandonnée. Tout le jour, l'air s'emplit des longs gémissements des scies. Seuls les cris de la petite fille et ceux de son petit cousin de loin égrènent des notes joyeuses, égaient de temps en temps la plainte traînante des chants mécaniques.

À l'été, la petite fille fera voler la laine autour d'elle, retrouvera sa petite robe mauve pour courir avec Benoît sur la montagne de pierres à l'ombre du chevalement. Sourds aux bourdonnements des scies, ils ramasseront du matin au soir les petits cubes de pyrite de fer qui étincellent si fort au soleil, convaincus d'accumuler dans leur pot de verre, de véritables cubes d'or. Malgré les sourires entendus des adultes ignorants.

***

Tout le salon s'est décoré de guirlandes de papier crêpé, la grosse chaise de cuir brun a grimpé sur la table, la table recouverte d'une étoffe rouge. On dirait un trône !!! La petite fille apparaît sur le pas de la porte. Qu'est-ce que c'est que ça ! Depuis quand a-t-on la permission de poser les chaises sur les tables ?

Une voix lui crie : « SORS D'ICI ! » Elle n'est pas entrée, que déjà on la chasse. C'est une fête, et elle en est exclue. « SORS D'ICI ! » C'est catégorique.

Toutes les amies de sa furie de sœur arrivent avec des cadeaux. Cachée dans les plis du rideau, qui tient lieu de porte à la pièce, la petite fille observe l'invitée qui a un visage de lune tout plein de taches de son. La petite fille voudrait bien savoir ce qu'il y a dans le petit paquet que cette timide fille dissimule… Toute la soirée, la petite fille des plis du rideau surveille le petit paquet.

Mais l'amie repart, trop gênée pour remettre son cadeau. Désormais, la méchante sœur sera aussi intriguée qu'elle par ce présent mystérieux, qu'elle ne recevra jamais. Pour le reste de sa vie, la méchante sœur demeurera torturée par la curiosité de savoir ce qu'il y avait dans le petit paquet. Tant pis!

Voilà ce qu'il en coûte d'exclure la petite fille des fêtes. Elle n'avait qu'à laisser entrer la petite fille dans le salon. La petite fille aurait su faire comprendre qu'elle avait vu le petit paquet. Car elle ne sait pas être discrète. Elle évente tous les secrets. Elle dit que l'ami de sa sœur lui donne des sous pour qu'elle ferme ses yeux… deux minutes.

Pourquoi sa sœur, à son âge, avait-elle le droit de s'asseoir sur la table sans se faire gronder? «C'est la fin de sa vie de fille!» qu'on a dit pour excuser cette infraction au bon sens.

Le futur mari de sa sœur est beau. La petite fille trouve qu'il est le plus bel homme de la Terre. Elle l'aime. Il est son amoureux. Mais ça ne la gêne pas que sa sœur l'épouse, comme ça elle le verra toute sa vie. Elle l'aime tellement qu'elle mange dans son assiette, utilise son couteau et sa fourchette. Même sa sœur - qui croit l'aimer - n'en fait pas autant…

Même que ça la rend jalouse, on dirait. Elle gronde la petite fille. Mais la mère de la petite fille dit : « Ça fera une assiette de moins à laver ! » Et la petite fille continue de manger son petit déjeuner dans l'assiette du futur mari de sa sœur. C'est ça l'amour véritable.

Elle a hâte que sa sœur l'épouse. Mais le jour du mariage la petite fille est encore une fois exclue. On ne veut pas la voir sur la photo de la noce ! Elle est furieuse et déchire en petits morceaux la boîte qui a contenu le bouquet de la mariée.

Ensuite, on l'implore. Sa sœur veut la fait entrer sous sa jupe. Elle veut lui faire tenir les pans de sa robe pour empêcher que le vent la lui colle aux cuisses. La petite fille s'y glisse en rageant, consciente qu'on ne la verra pas sur la photo. Mais lui vient une idée…

Et comme de juste, la robe de la mariée apparaîtra si rigidement carrée sur les photos, que sa sœur devra expliquer à chacun… que c'est la petite fille qui est dessous !

***

Benoît sautille, pleure, crie, hurle, on dirait un petit animal pris dans un piège. Il se débat. On essaie de le retenir, de l'empêcher de se précipiter dans le trou de terre où descend lentement le cercueil. Benoît se roule dans l'herbe du cimetière. Benoît est transformé en une petite boule de douleur. On parle de « ciel » autour. Est-ce le ciel ce trou sombre où s'enfonce le cercueil que Benoît veut suivre?

La petite fille à la robe mauve observe, sans pleurer, cette scène tout en gris. Un lourd mystère y roule des ombres. Benoît gémit, ses mains repoussent, ses pieds frappent le sol. Il ne voit pas la petite fille. Benoît est aspiré par l'image de sa mère dans la boîte noire.

Le soir venu, la petite fille met longtemps à dormir. Par-dessus l'image des étoiles muettes de sa fenêtre, passent et repassent sans fin une longue boîte noire et le visage en larmes de Benoît. La petite fille commence à trouver le monde inquiétant...

***

Un mariage n'arrive jamais seul. La petite fille à la robe mauve découvre quelque chose qui remue dans la couverture de laine. Un bébé qu'on dit. Ça a l'air de rien d'abord. Un petit paquet qui la laisse indifférente. Ça tète à journée longue le gros ballon de lait de sa sœur. On ne veut pas qu'elle regarde le bébé téter, pourquoi? Il ne fait rien de mal, il s'alimente…

Le mal c'est que le petit paquet grossit et commence à sourire. Tous ceux qui tournaient autour de la petite fille, tournent maintenant autour du petit paquet qui sourit, cette extension malencontreuse du mariage de sa vieille sœur. Aussi, quand sa jeune sœur a échappé le petit paquet par terre et a imploré la petite fille de n'en rien dire à personne, la petite fille n'a pas vu l'utilité de cette recommandation. Il aurait pu arriver pire, qu'elle n'aurait rien dit.

Puis, quand le paquet s'est mis à marcher, il y a eu beaucoup plus grave encore. Alors là, ça été la catastrophe pour la petite fille. Une catastrophe qui s'annonça d'abord traîtreusement comme une grande joie.

L'énorme camion rouge, avec sa cabine placée si haute que la petite fille ne peut même pas s'y hisser toute seule, le méchant camion rouge, dont la porte un jour a écrasé ses petits doigts qui en sont devenus tout noirs, ce matin-là lui parut bien gentil. Il apportait une mystérieuse boîte rectangulaire pour la petite fille à la robe mauve. Un cadeau qu'elle devait aller cueillir près du camion qui l'avait déposé exprès pour elle sur la neige...

À demi vêtue, la petite fille court vers la grande boîte muette, impatiente de découvrir ce qu'elle contient, l'ouvre dans le froid qu'annihile l'explosion de joie que provoque son contenu : une merveilleuse poupée endormie. La petite fille voit tout : les bras ronds, les jambes potelées, la petite tunique verte, les grands yeux fermés aux cils épais, la petite bouche entrouverte qui laisse entrevoir deux dents déjà... et une minuscule suce à roulette est accrochée à la petite blouse blanche dont les manches bouffent jusqu'aux coudes où se creusent des fossettes comme dans la chair des vrais bébés. Jamais la petite fille n'aurait pu rêver d'une aussi magnifique poupée! Elle court vers la maison avec son bonheur complet.

Et c'est là qu'elle apprend, qu'une seule seconde suffit pour émietter la plus grande joie…

Le bébé, oui encore ce bébé de malheur, se met à désirer la poupée si fort que ses pleurs bouleversent l'entourage qui condamne la petite fille à enfermer, tout de suite, sa merveille dans la garde-robe pour jusqu'à ce que le bébé s'en aille demeurer ailleurs.

Tous les jours, par la suite, si elle tente de faire prendre un peu l'air à la poupée, s'attarde à regarder s'ouvrir et se refermer ses beaux yeux de verre, essaie de lui parler un moment pour la consoler d'être enfermée, aussitôt le bébé pleurant surgit, et une voix du tonnerre la force à repousser la poupée dans sa boîte de carton dans la prison sombre de la garde-robe.

Comment la petite fille pourrait-elle aimer ce bébé-là, dites-moi? C'est un objet bien encombrant qui pourrait devenir froid sans qu'elle en éprouve un vrai chagrin. Car alors la poupée pourrait peut-être enfin sortir voir le monde.

***

Le papa de Perri est presque toujours à la maison, enfin autour. À part l'automne, pendant quelques semaines. Perri dit alors à la petite fille que son papa est parti en canot à la Baie James pour chasser ou pêcher, peut-être les deux. Le reste du temps, il est accroupi sous ses vaches à leur tirer du lait ou bien il brosse les cheveux de ses chevaux, soigne ses cochons, regarde son jardin pousser. Il passe et repasse de son étable à sa maison, toujours silencieux. Pourtant, il n'est pas muet, il gronde parfois.

La petite fille ne se soucie absolument pas d'où vient que Perri ne manque de rien, que ses sœurs ont de jolies robes pour aller à la messe le dimanche et de grands chapeaux de paille blancs sur leurs longs cheveux blonds. La plus petite sœur de Perri ne va pas encore à la messe, elle est toujours pieds nus et ses petits souliers traînent à l'abandon. Elle aime aussi se promener les fesses à l'air, et Perri et la petite fille découvrent sans cesse des petites culottes cachées un peu partout sous les pierres. La mère de Perri est toujours à courir après pour la rhabiller.

Le père de Perri, lui, ne va jamais à la messe. Mais il est bien obligé de marmotter quand la famille dit le chapelet le soir. C'est une famille paisible. On a l'air de ne jamais s'y chicaner. La petite fille n'entre jamais dans la maison de Perri. Pourtant, elle aimerait...

***

La petite fille dans l'hiver de laine et de neige connaît son deuxième grand amour. Son amoureux encore une fois est trois fois plus grand qu'elle. Mais l'écart de taille ne les dérange ni l'un ni l'autre. Il est aussi trois fois plus vieux qu'elle. Mais à l'âge de la petite fille, on ne sait pas compter les années. D'ailleurs, dans sa famille à lui, on meurt jeune et il mourra avant que la petite fille l'ait rejoint en âge. Elle ne le sait pas encore. Mais ce sera.

Pour le moment, il lui fait faire l'avion au bout de ses grands bras, encouragé par les gerbes de rires de la petite fille.

Elle est tombée en amour cette fois à cause d'une petite paire de raquettes que Hérisson (c'est le nom qu'elle donne à son amoureux) possède. Plutôt dire qu'elle est tombée en amour en même temps avec une paire de raquettes. Des petites raquettes faites juste pour elle, on dirait. Et Hérisson les lui prête. C'est beaucoup mieux que les lourds skis de sa sœur avec lesquels - avant les raquettes - ses pieds étaient toujours emmêlés.

Mais Hérisson a aussi d'autres qualités que ses petites raquettes. Il est beau... et fort. Il la tient très haut dans ses bras, de sorte que celui qui a les yeux bandés est incapable de la saisir, quand elle claque ses deux cuillers ensemble pour indiquer sa position pendant le jeu de colin-maillard.

Il la soulève si vivement qu'un accident se produit ce soir. Le bras de la petite fille a effleuré au passage le feu de la cigarette de Hérisson. Mais c'est SA CIGARETTE. Aussi, elle ne pleure pas! Non! Elle ne pleurera pas! Même si la douleur irradie - atroce - de son petit poignet. Elle serre ses paupières pour empêcher les méchantes larmes de le trahir. Ils n'en sauront rien les autres. Elle sera la seule, toujours, à connaître l'origine de la précieuse petite cicatrice…

***

Est-ce bien la petite fille qui piétine aujourd'hui dans le long cordon mouvant d'enfants, qui la racolait chaque jour à travers les treillages des barbelés du haut de la colline ? C'est bien elle, mais elle a enlevé sa robe mauve…

Elle est tout habillée de jaune. Un petit serin, les autres ont dit. La voilà à l'école. Pas l'école imaginée derrière la clôture de fils barbelés en écoutant les ronrons de Chatte espagnole, mais la vraie école. Absolument pas comme celle imaginée !

L'école des coups de règles sur les doigts, des cris, des pleurs, des longues réclusions avec les bottes de caoutchouc et les vêtements humides du passage.

De plus, à l'école tout doit obéir. Même les pipis. Interdiction aux pipis de sortir avant l'heure de la récréation. Mais certains pipis rebelles désobéissent régulièrement. Chaque fois, leurs propriétaires sont sévèrement punis.

Les voleurs, par contre… Le bout de crayon appartenait à la petite fille. Elle a dénoncé le voleur sans succès : le voleur écrit toujours avec. Juste cinq centimètres de crayon… a-t-on dit. Peu importe ! ces cinq centimètres lui appartenaient. Et on ne fait rien pour les lui rendre…

Les rondes petites sœurs ne servent qu'à taper sur les doigts et crier fort. Leurs bavettes rigides grommellent à chacun de leurs mouvements. Leur crucifix se balance d'un bord à l'autre, et leur claquette n'arrête pas de scander leur mécontentement.

Aujourd'hui, la petite fille pleure. Elle a été ridiculisée devant toute la classe - aussi bien dire devant le monde entier - pour avoir accolé la couleur verte à la couleur bleue dans son dessin… C'était pourtant bien joli selon elle. Comme au dehors où les arbres sont verts et le ciel tout bleu. La petite fille n'a fait rien d'autre qu'imiter le Bon Dieu…?

Est-ce que les sœurs - qui se disent ses épouses - reprocheraient au Bon Dieu son mauvais goût?

Chatte espagnole est bien chanceuse de tout connaître ce qu'elle a à connaître, sans avoir à fréquenter de méchantes chattes-sœurs dans une école…

***

… un peu loin, mais à vue d'œil, près du lac, la petite fille aperçoit le cimetière de son village. C'est là que demeure le petit frère devenu froid. Peut-être qu'il court parfois entre les pierres avec d'autres enfants devenus froids eux aussi. Ils ne font que jouer. Rient ensemble. Ils ne vont pas à l'école. Leur demeure est sous la terre. Là où est le ciel. Ils jouent avec les anges qui leur apprennent à voler. Mais la petite fille n'a jamais vu un ange. Depuis l'école, elle se méfie de ce que l'on n'a pas vu de près…

***

La petite fille à la robe mauve aime regarder les trains brasser leurs ferrailles. Entendre les gémissements de fer de leurs accouplements. Regarder les interminables rames de wagons hésiter entre avancer ou reculer, jamais certains on dirait de la décision à prendre.

Elle voit de loin la haute tour et son réservoir d'eau, la chute à charbon. Elle sait qu'il y a une gare où les trains s'arrêtent et repartent, une usine toute blanche, tachée de suie où ronronnent des locomotives. Elle voit son village s'abriter tout l'hiver sous la neige, la fumée s'échapper des cheminées et tracer de sinueux sentiers blancs sur la plaine pâle du ciel.

La petite fille aime regarder le lac gelé. Personne alors ne peut s'y noyer. Elle se rappelle les cris, l'embarcation qu'affolaient les vagues, la disparition de l'homme dans les eaux grises. Sa peur. La glace couvre les eaux mauvaises…

La petite fille aime que son village appartienne aux trains. Que les trains occupent beaucoup d'espace. Que leur vacarme anime le silence.

Quand elle sera grande elle pourra y monter pour voir où ils s'en vont…

***

Ce soir, la petite fille est heureuse. Ce soir est doux. La nuit s'approche très lentement au pas des tic-tac de l'horloge au mur. Les doigts agités de sa mère domptent des fils de laine, les font s'assembler en des choses qui deviennent cohérentes à mesure que la soirée avance. On dirait que sa mère tricote en même temps le silence.

Son père, assis dans le fauteuil de cuir brun, se penche profondément vers la radio. Il écoute captivé les voix qui s'échappent de l'appareil, il écoute les voix de femmes ou d'hommes qui entrent dans le salon par le grillage doré de la radio. Il fume en même temps, et la senteur douce du tabac emplit la pièce.

Chatte espagnole dort sur le tapis. L'opéra, ça ne la dérange pas. Ni la mère de la petite fille qui plutôt que d'écouter pense.

La petite fille étale sur la table les quatre rois du jeu de cartes entourés de leurs valets et de leurs reines. Elle rassemble ensuite toutes les autres cartes autour de leur roi respectif pour former les royaumes : des Trèfles, des Carreaux, des Piques et des Cœurs. De vastes royaumes qui se font bientôt la guerre.

Les rois décident de leur victoire en repoussant les cartes adverses au bas de la table. Ensuite, les reines apparaissent fièrement à côté des rois vainqueurs pour fêter leur victoire. Les valets sont, comme leur nom l'indique, au service du roi et de la reine. Ils sont un peu derrière et repoussent la foule des cartes qui veulent toucher leur roi.

La table est un vaste pays que se disputent quatre royaumes. Les rois et les reines y donnent des ordres, et les sujets obéissent. Les guerres y sont rapides. Mais personne ne meurt vraiment. La petite fille y veille, ressuscite les soldats au grand dam des rois. Les reines sont hautaines, et le peuple des cartes doit se prosterner à leur passage. Certains ne le font pas. Ils sont punis et doivent demeurer en prison sur une chaise. Les guerres reprennent, et c'est cette fois le roi du peuple de Cœur qui remporte la victoire. Tout le monde est pardonné, et les prisonniers remontent sur la table. Pendant que la chanteuse hurle et que Chatte espagnole garde l'entrée du pays. La petite fille bâille, et sa mère dit qu'il est l'heure d'aller au lit.

***

La petite fille à la robe mauve ne se rappelle pas le jour exact où Chatte espagnole a disparu. Elle a pleuré deux minutes. Parce qu'il faut pleurer quand on perd quelque chose. On a dit que Chatte espagnole devait s'être perdue quelque part dans la forêt. Difficile de savoir, les adultes mentent si souvent. Vaut mieux leur laisser croire qu'on les croit. Bien qu'elle sache que Chatte espagnole - voulant attaquer le chien - a attaqué la jambe de sa mère. C'est après que Chatte espagnole s'est perdue dans le bois...

Si la petite fille n'a pas pleuré pour de vrai c'est qu'il était possible aussi que Chatte espagnole revienne. Mais elle n'est pas revenue. Jamais. Pourtant, il arrive à la petite fille de pleurer pour de vrai.

Le soir avant de s'endormir. Là elle pleure beaucoup et elle sait pourquoi. Mais personne ne réussit à lui arracher le secret de son immense chagrin. Et tous se retirent devant leur insuccès à découvrir d'où vient le chagrin de la petite fille. Après tout, qu'ils se disent, elle doit être simplement fatiguée.

Mais la petite fille n'est pas fatiguée, pas du tout! Cependant, elle ne peut pas expliquer ce chagrin-là. Ils n'y comprendraient rien. Ils ne comprendraient pas qu'elle puisse être si triste, rien que, toujours, à cause du petit paquet qui remue et attire. Ou encore, parce que Hérisson - son grand amour - enseigne à skier à Benoît sans plus lui prêter la moindre attention à elle. Il ne s'est même pas aperçu quand, tournant brusquement sur ses grands skis, elle s'en est allée sans crier au revoir.

C'est dire jusqu'à quel point la petite fille a perdu de son importance. Devant la glaciale indifférence qu'on affiche maintenant à son égard, est-ce qu'il n'y a pas de quoi verser toutes les larmes de la Terre? C'est ce qu'elle fait, chaque soir avant de s'endormir : elle pleure.

***

La petite fille à la robe mauve a traversé la voie ferrée et avance sur un trottoir sans fin. Dans le silence du temps on entend ses petits pas sur le bois. Pour elle, rien d'autre n'existe, que ce trottoir qui n'en finit pas. Tout le reste s'est effondré…

La petite fille, avec plus rien derrière elle - juste sa sœur plus grande à côté d'elle - rien devant elle, marche vers une maison verte encore vide de toutes les images à y mettre. Elle ne pleure pas. C'est seulement vide au-dedans d'elle. Absolument vide. Comme un grand trou.

Elle doit rester ici - dans ce néant - pour continuer d'aller à l'école. Sa mère, son père, en dehors d'elle pour de longs mois. Dans leur forêt avec les loups, les scies, les arbres, la neige... la belle neige! travaillant pour faire vivre la petite fille qui a pourtant l'impression, sur ce trottoir, d'être plutôt en train de mourir.

- Voilà la maison! dit la sœur plus grande qu'elle en essuyant une larme, c'est ici…

Une jolie femme rousse leur ouvre déjà sa porte. Elle est toute souriante, elle.

Et la maison s'emplit d'images : une cuisine, un mari, un bébé... encore! se dit la petite fille, inquiète. Inquiète pour rien. Ce bébé-là sait vivre. On lui a appris. La poupée cette fois pourra dormir en paix tout le jour sur le lit de la petite fille, même quand celle-ci sera à l'école. Ce bébé-là est si sympathique que la petite fille se fera une joie de jouer à cache-cache chaque soir avec lui. Tous les bébés ne sont pas encombrants.

***

Elles sont seules, la petite fille et sa grande petite sœur dans l'hiver. Elles marchent main dans la main le soir sous le ciel du Nord, sous la danse des aurores boréales. Les étoiles dans le froid sec scintillent autant que les diamants des trésors des contes. Les pas, de la petite fille et de sa grande petite sœur, crissent sur le sol couvert d'étincelles de feu. Elles se sentent bien à cause de leurs mains qui se tiennent. À cause de l'indescriptible beauté des étoiles de neige. À cause du silence parlant des étoiles du ciel. À cause de l'oppressante solitude qui les fait se serrer l'une contre l'autre.

***

La jolie femme rousse est aussi fort gentille. La plus gentille femme que la petite fille ait connue. Chaque soir, elle lui fait répéter, sans jamais se mettre en colère contre la petite fille qui n'arrive pas à les mémoriser, les tables de multiplication, d'addition et de division, qui existent juste pour empêcher les enfants d'être heureux le soir. Heureusement que le visage, si joli, éclaire les chiffres noirs, les empêche de barbouiller entièrement la soirée.

Le mari de la jeune femme s'absente tous les soirs. Il revient seulement pour dormir. La petite fille est triste de la tristesse de la voix qui scande les chiffres. Le mari est très laid. La petite fille pense que la jeune femme est bien trop belle pour un mari aussi laid, qui dit tout le temps des mots que la petite fille ne comprend pas et que sa femme lui fait taire.

La petite fille aimerait faire quelque chose de bien pour la jeune femme rousse. Mais quoi? Une chose qui lui ferait vraiment plaisir? Mais quoi?

Dans le salon - où il ne faut jamais aller - se trouvent plusieurs très belles plantes vertes qui ont l'air d'avoir bien soif, selon la petite fille. Si elle leur donnait de l'eau, sûrement que la jeune femme lui pardonnerait d'avoir négligé la consigne pour sauver la vie de ses plantes... et tant qu'à donner de l'eau aussi bien en donner beaucoup!

Hélas! Ces ingrates n'ont pas l'air d'apprécier, toutes leurs feuilles prennent des airs extrêmement fatigués et bientôt toutes ont l'air de molles guenilles qui pendouillent le long de leur pot... quel désastre! Aussi, la petite fille croit qu'il vaut mieux taire sa bonne action. Penaude, elle laisse la jeune femme se morfondre sur le mystère de l'épidémie qui a, en quelques heures, terrassée toutes les plantes de son salon...

***

La petite fille s'amuse dans l'été à travers les merisiers en fleurs. Elle fait de gros bouquets blancs, imagine qu'elle est une mariée. Près d'elle, Nègre, le gros Saint-Bernard noir, veille. Il la surveille tout le jour au cas où un danger quelconque la menacerait. Personne ne peut approcher la petite fille si lui, Nègre, l'interdit. Personne n'ose même la gronder quand il est là.

Autour il y a la forêt, pleine de loups, pleine d'ours, mais Nègre veille, même s'il paraît dormir. La petite fille peut jouer toute seule pendant que sa mère s'affaire dans le camp de bois rond. C'est jour de congé pour les travailleurs de la scierie, tous sont partis s'amuser. Il reste la petite fille autour des merisiers, le chien qui somnole à ses pieds et la mère qui ne s'inquiète pas. Nègre protège la petite fille. Aucun danger. La petite fille n'a pas à avoir peur.

Mais qui a dit que le danger était nécessaire à la peur? Soudain, dans le bouquet - si joli - que la petite fille tient dans sa main, quelque chose remue... Vous ne le savez pas encore, mais des cris vont vous l'apprendre. La petite fille est terrifiée par les vers de terre, même par ce minuscule ver qui entreprend d'arpenter sa main. Un ours l'attaquerait que ce serait mille fois moins dramatique.

Le bouquet vole dans les airs et la petite fille, terrifiée, hystérique, hurle de peur. La mère sort précipitamment de la maison. Nègre se réveille, prêt au combat. Il voit la petite fille affolée et pas le ver, trop petit pour ses yeux. Alors, forcément la mère lui apparaît l'unique suspecte... et c'est au tour de la mère de la petite fille de s'affoler, de la supplier de cesser de crier.

Heureusement, la petite fille prend conscience du véritable danger, arrête ses cris, calme le chien. Elle peut alors constater que le ver est tombé de sa main depuis longtemps et arpente maintenant le sol sans se soucier du drame qu'il a failli provoquer. Il est à peine plus gros qu'un cheveu... signe que la peur n'a pas de dimension.

***

Le petit garçon est étendu sur le trottoir. Son nez saigne. Les autres garçons autour continuent de le frapper avec leurs poings, avec leurs pieds. Ils vont le tuer, c'est sûr. Les petits garçons sont donc tous méchants ?

La petite fille regarde la scène sans bouger. Ils sont tous cruels. Tous les petits garçons sont comme était le frère de Zénobie. La petite fille ne peut pas intervenir. Ce serait elle qu'on battrait. Elle ne va pas moucharder non plus. On la tuerait, sûrement.

Entrer dans le monde est difficile. La seule porte est celle de l'école et elle donne sur un long passage obscur, plein de sœurs au nez rougi par la colère, de coups de règles sur les doigts, de cris, de longues heures à suivre des yeux sur l'horloge une petite aiguille qui n'avance pas… et de petits garçons qui n'arrêtent pas de se donner des coups de pied et de saigner du nez…

***

La petite fille sait lire maintenant. Mais où se cachent tous ces mots qu'elle peut maintenant reconnaître ? Nulle part dans la maison, elle ne les trouve. Dans le livre de lecture de l'école, tous les mots tournent en rond, répètent toujours les mêmes histoires. Valait-il vraiment la peine d'apprendre à lire ? Seulement pour découvrir que la souris Trotte-menu est une étourdie qui se retrouve toujours dans la sauce du poêlon.

Mais voilà ! elle a découvert, pendant les vacances d'été, leur vraie cachette… À plat ventre sur le sol, à travers les courants d'air des fenêtres ouvertes, la petite fille est entourée de mots avec leurs images.

Toutes les bandes dessinées des suppléments des journaux de la semaine étalées sur le sol : Mandrake le fabuleux magicien, Flash Gordon qui court sur les rayons de lumière, Jacques Le Matamore avec sa toupie du temps, toute petite ou immense, qui voyage à travers les galaxies, la femme invisible capable d'apparaître ou de disparaître rien qu'en pressant son poignet, Annie la petite orpheline, des tas de personnages fascinants qui sortent de leurs images pour lui révéler, par les mots, leurs univers fantastiques.

Personnages capables de la faire rêver, de faire courir sa pensée à travers les jours de la semaine pour tenter de découvrir la suite de leurs aventures extraordinaires. La petite fille apprend toute seule à débusquer les mots, à les écouter de longues heures lui raconter les aventures des héros de Jules Vernes.

Et la voilà qui découvre soudain des pelotons de mots, étrangement emprisonnés dans un étroit rectangle du journal chaque semaine. Le regard de la petite fille y caresse ces mots isolés, doux comme le poil de Chatte espagnole, ces mots chantent... D'ordinaire les mots parlent, lui racontent des histoires... Ceux-là, bien moins nombreux, il lui faut pourtant les cueillir, ne pas les laisser se faner dans le journal avec les autres mots, découper le rectangle et le coller précieusement sur les feuilles du cahier où elle apprend pour la première fois à écrire le mot : poésie.

***

Puis, un jour, la petite fille a dû retirer sa robe mauve devenue trop petite, défaire les tresses de ses cheveux. Dans son miroir, à la place de la petite fille, il n'y avait plus qu'une grande personne. C'est alors que Zénobie est réapparue. Elle était devenue grande elle aussi. Bien coiffée, bien habillée, un riche mari à ses côtés…

Inutile de lui parler des bonbons partagés, du petit parapluie de couleurs, du caillou inlassablement repoussé pendant des heures avec l'orteil… Zénobie ne se souvient de rien. Absolument de rien ! Pas même de Chatte espagnole.

Zénobie a peur de voir resurgir les fenêtres aux carreaux de carton, sa faim, le frère jamais devenu froid, les grimaces derrière la clôture, les dîners empoisonnés… Maintenant que sa vie n'a plus de griffes, Zénobie en a effacé tous les mauvais bouts.

Et des petits morceaux de tissu mauve s'envolent. Ils appartiennent à une robe d'enfant. À cause du temps qui efface, on ne voit jamais la robe en entier. C'est une robe de coton mauve surmontée d'une masse de cheveux noirs…

Qui est à coiffer la petite fille ? On devine seulement la mère. Une voix dit que la petite fille sera belle, qu'elle ne doit pas pleurer, qu'elle sera belle… et on continue de lui tirer les cheveux.

L'eau de la pompe chante et tombe sur l'évier rouillé, l'eau frisante sous la main qui actionne la pompe. Un regard qui explore les dessins du linoléum, qui explore les mystères enfermés dans les mosaïques de chaque carré de vie.

Quelque chose vêtu de mauve qui court et qui tombe. Des cris, des pleurs, qui appartiennent à une petite fille sans visage qui vient de se blesser à une oreille, une petite fille qui a glissé sur le parquet et s'est coupé l'oreille au bord tranchant d'une chose. Elle saigne, et sa douleur s'entend d'ici...

Tout cela se rejoint, s'agglutine. Réalité, mémoire et imagination ne font plus qu'un seul bloc. Un train passe, s'arrête à deux heures et demie. Quelques voyageurs descendent un moment, puis remontent dans le train et disparaissent, sans que la petite fille sache jamais d'où ils viennent, ni où ils vont. Pendant un moment, la petite fille leur invente une ville, une vie. Mais tout s'efface dès que le train quitte la gare, que les « dix minutes pour le lunch » sont écoulées.

Et toujours, devenue grande, elle verra ainsi des voyageurs mystérieux s'arrêter pour un moment de vie sur la Terre puis repartir sans laisser de traces, sans qu'elle sache non plus, si quelque part ailleurs ils continuent d'exister…

Fin

DU MÊME AUTEUR

Romans :

Windigo, Sherbrooke, Naaman, 1984
Rue de l'acacia, Sherbrooke, Naaman, 1985
Le bout du monde, Montréal, Boréal, 1987
Urgel, Eso et…Eux, Shawinigan, Glanures, 1993
Faut que je te parle d'Albert, Montréal, Stanké, 1996
Le bout du monde, réédition, Montréal, Fides, 2006

POÉSIE :

rire fauve, Trois-Rivières, Écrits des Forges, 1983
éclats de paroles, Trois-Rivières, Écrits des Forges, 1985
48 poses, Trois-Rivières, Écrits des Forges, 1992
Les bruits de la terre, Trois-Rivières, Écrits des Forges, 1995
Musiques blanches, Trois-Rivières, Écrits des Forges, 2000.
Par la fenêtre je l'aperçois, elle attend…,
Trois-Rivières, Écrits des Forges, 2006

Instants-songes, Saint-Jérome, éditions En Marge, 2003
Carnet de l'univers, Saint-Jérome, éditions En Marge, 2003
Les champs de l'être, Saint-Jérome, éditions En Marge, 2003
Ces voix du silence, Saint-Jérome, éditions En Marge, 2003